AF451654

ISIDORE DUCASSE

POESIES

— II —

PRIX : UN FRANC

PARIS

JOURNAUX POLITIQUES ET LITTÉRAIRES

LIBRAIRIE GABRIE

Passage Verdeau, 25

1870

ENVOI :

Le Gérant,

I. D.

Rue du Faubourg-Montmartre, 7.

POÉSIES

II

Le génie garantit les facultés du cœur.

L'homme n'est pas moins immortel que l'âme.

Les grandes pensées viennent de la raison !

La fraternité n'est pas un mythe.

Les enfants qui naissent ne connaissent rien de la vie, pas même la grandeur.

~~Dans le malheur, les amis augmentent.~~

Vous qui entrez, laissez tout désespoir.

Bonté, ton nom est homme.

C'est ici que demeure la sagesse des nations.

Chaque fois que j'ai lu Shakspeare, il m'a semblé que je déchiquète la cervelle d'un jaguar.

J'écrirai mes pensées avec ordre, par un dessein sans confusion. Si elles sont justes, la première venue sera la conséquence des autres. C'est le véritable ordre. Il marque mon objet par le désordre calligraphique. Je ferais trop de déshonneur à mon sujet, si je ne le traitais pas avec ordre. Je veux montrer qu'il en est capable.

Je n'accepte pas le mal. ~~L'homme~~ est parfait. L'âme ne tombe pas. Le progrès existe. Le bien est irréductible. Les antéchrists, les anges accusateurs, les peines éternelles, les religions sont le produit du doute.

Dante, Milton, décrivant hypothétiquement les landes infernales, ont prouvé que c'étaient des hyènes de première espèce. La preuve est excellente. Le résultat est mauvais. Leurs ouvrages ne s'achètent pas.

L'homme est un chêne. La nature n'en compte pas de plus robuste. Il ne faut pas que l'univers s'arme pour le défendre. Une goutte d'eau ne suffit pas à sa préservation. Même quand l'univers le défendrait, il ne serait pas plus déshonoré que ce qui ne le préserve pas. L'homme sait que son règne n'a pas de mort, que l'univers possède un commencement. L'univers ne sait rien : c'est, tout au plus, un roseau pensant.

Je me figure Elohim plutôt froid que sentimental.

L'amour d'une femme est incompatible avec l'amour de l'humanité. L'imperfection doit être rejetée. Rien n'est plus imparfait que l'égoïsme à deux. Pendant la vie, les défiances, les récriminations, les serments écrits dans la poudre pullulent. Ce n'est plus l'amant de Chimène ; c'est l'amant de Graziella. Ce n'est plus Pétrarque ; c'est Alfred de Musset. Pendant la mort, un quartier de roche auprès de la mer, un lac quelconque, la forêt de Fontainebleau, l'île d'Ischia, un cabinet de travail en compagnie d'un corbeau, une chambre ardente avec un crucifix, un cimetière où surgit, aux rayons d'une lune qui finit par agacer, l'objet aimé, des stances où un groupe de filles dont on ne sait pas le nom, viennent balader à tour de rôle, donner la mesure de l'auteur, font entendre des regrets. Dans les deux cas, la dignité ne se retrouve point.

L'erreur est la légende douloureuse.

Les hymnes à Elohim habituent la vanité à ne pas s'occuper des choses de la terre. Tel est l'écueil des hymnes. Ils déshabituent l'humanité à compter sur l'écrivain. Elle le délaisse. Elle l'appelle mystique, aigle, parjure à sa mission. Vous n'êtes pas la colombe cherchée.

Un pion pourrait se faire un bagage littéraire, en disant le contraire de ce qu'ont dit les poètes de ce siècle. Il remplacerait leurs affirmations par des négations. Réciproquement. S'il est ridicule d'attaquer les premiers principes, il est plus ridicule de les défendre contre ces mêmes attaques. Je ne les défendrai pas.

Le sommeil est une récompense pour les uns, un supplice pour les autres. Pour tous, il est une sanction.

Si la morale de Cléopâtre eût été moins courte, la face de la terre aurait changé. Son nez n'en serait pas devenu plus long.

Les actions cachées sont les plus estimables. Lorsque j'en vois tant dans l'histoire, elles me plaisent beaucoup. Elles n'ont pas été tout à fait cachées. Elles ont été sues. Ce peu, par où elles ont paru, en augmente le mérite. C'est le plus beau de n'avoir pas pu les cacher.

Le charme de la mort n'existe que pour les courageux.

L'homme est si grand, que sa grandeur paraît surtout en ce qu'il ne veut pas se connaître misérable. Un arbre ne se connaît pas grand. C'est être grand que de se connaître grand. C'est être grand que de ne pas vouloir se connaître misérable. Sa grandeur réfute ces misères. Grandeur d'un roi.

Lorsque j'écris ma pensée, elle ne m'échappe pas. Cette action me fait souvenir de ma force que j'oublie à toute heure. Je m'instruis à proportion de ma pensée enchaînée. Je ne tends qu'à connaître la contradiction de mon esprit avec le néant.

Le cœur de l'homme est un livre que j'ai appris à estimer.

Non imparfait, non déchu, l'homme n'est plus le grand mystère.

Je ne permets à personne, pas même à Elohim, de douter de ma sincérité.

Nous sommes libres de faire le bien.

Le jugement est infaillible.

Nous ne sommes pas libres de faire le mal.

L'homme est le vainqueur des chimères, la nouveauté de demain, la régularité dont gémit le chaos, le sujet de la conciliation. Il juge de toutes choses. Il n'est pas imbécile. Il n'est pas ver de terre. C'est le dépositaire du vrai, l'amas de certitude, la gloire, non le rebut de l'univers. S'il s'abaisse, je le vante. S'il se vante, je le vante davantage. Je le concilie. Il parvient à comprendre qu'il est la sœur de l'ange.

Il n'y a rien d'incompréhensible.

La pensée n'est pas moins claire que le cristal. Une religion, dont les mensonges s'appuient sur elle, peut la troubler quelques minutes, pour parler de ces effets qui durent longtemps. Pour parler de ces effets qui durent peu de temps, un assassinat de huit personnes aux portes d'une capitale, la troublera — c'est certain — jusqu'à la destruction du mal. La pensée ne tarde pas à reprendre sa limpidité.

La poésie doit avoir pour but la vérité pratique. Elle énonce les rapports qui existent entre les premiers principes et les vérités secondaires de la vie. Chaque chose reste à sa place. La mission de la poésie est difficile. Elle ne se mêle pas aux événements de la politique, à la manière dont on gouverne un peuple, ne fait pas allusion aux périodes historiques, aux coups d'Etat, aux régicides, uux intrigues des cours. Elle ne parle pas des luttes que l'homme engage, par exception, avec lui-même, avec ses passions. Elle découvre les lois qui font vivre la politique théorique, la paix universelle, les réfutations de Machiavel, les cornets dont se composent les ouvrages de Proudhon, la psychologie de l'humanité. Un poète doit être plus utile qu'aucun citoyen de sa tribu. Son œuvre est le code des diplomates, des législateurs, des instructeurs de la jeunesse. Nous sommes loin des Homère, des Virgile, des Klopstock, des Camoëns, des imaginations émancipées, des fabricateurs d'odes, des marchands d'épigrammes contre la divinité. Revenons à Confucius, au Boudha, à Socrate, à Jésus-Christ, moralistes qui couraient les villages en souffrant de faim! Il faut compter désormais avec la raison, qui n'opère que sur les facultés qui président à la catégorie des phénomènes de la bonté pure.

Rien n'est plus naturel que de lire le *Discours de la Méthode* après avoir lu *Bérénice*. Rien n'est moins naturel que de lire le *Traité de l'Induction* de Biéchy, le *Problème du Mal* de Naville, après avoir lu les Feuilles d'Automne, les Contemplations. La transition se perd. L'esprit regimbe contre la ferraille, la mystagogie. Le cœur est ahuri devant ces pages qu'un fantoche griffonna. Cette violence l'éclaire. Il ferme le livre. Il verse une larme à la mémoire des auteurs sauvages. Les poètes contemporains ont abusé de leur intelligence. Les philosophes n'ont pas abusé de la leur. Le souvenir des premiers s'éteindra. Les derniers sont classiques.

Racine, Corneille, auraient été capables de composer les ouvrages de Descartes, de Malebranche, de Bâcon. L'âme des premiers est une avec celle des derniers. Lamartine, Hugo, n'auraient pas été capables de composer le *Traité de l'Intelligence*. L'âme de son auteur n'est pas adéquate avec celle des premiers. La fatuité leur a fait perdre les qualités centrales. Lamartine, Hugo, quoique supérieurs à Taine, ne possèdent, comme lui, que des — il est pénible de faire cet aveu — facultés secondaires.

Les tragédies excitent la pitié, la terreur, par le devoir. C'est quelque chose. C'est mauvais. Ce n'est pas si mauvais que le lyrisme moderne. La Médée de Legouvé est préférable à la collection des ouvrages de Byron, de Capendu, de Zaccone, de Félix, de Gagne, de Gaboriau, de Lacordaire, de Sardou, de Gœthe, de Ravignan, de Charles Diguet. Quel écrivain d'entre vous, je prie, peut soulever — qu'est-ce? Quels sont ces reniflements de la résistance? — Le poids du *Monologue d'Auguste!* Les vaudevilles barbares de Hugo ne proclament pas le devoir. Les mélodrames de Racine, de Corneille, les romans de La Calprenède le proclament. Lamartine n'est pas capable de composer la Phèdre de Pradon ; Hugo, le Venceslas de Rotrou ; Sainte-Beuve, les tragédies de Laharpe, de Marmontel. Musset est capable de faire des proverbes. La tragédie est une erreur involontaire, admet la lutte, est le premier pas du bien, ne paraîtra pas dans cet ouvrage. Elle conserve son prestige. Il n'en est pas de même du sophisme, — après — coup le gongorisme métaphysique des autoparodistes de mon temps héroïco-burlesque.

Le principe des cultes est l'orgueil. Il est ridicule d'adresser la parole à Elohim, comme ont fait les Job, les Jérémie, les David, les Salomon, les Turquéty. La prière est un acte faux. La meilleure manière de lui plaire est indirecte, plus conforme à notre force. Elle consiste à rendre notre race heureuse. Il n'y a pas deux manières de plaire à Elohim. L'idée du bien est une. Ce qui est le bien en moins l'étant en plus, je permets que l'on me cite l'exemple de la maternité. Pour plaire à sa mère, un fils ne lui criera pas qu'elle est sage, radieuse, qu'il se conduira de façon à mériter la plupart de ses éloges. Il fait autrement. Au lieu de le dire lui-même, il le fait penser par ses actes, se dépouille de cette tristesse qui gonfle les chiens de Terre-Neuve. Il ne faut pas confondre la bonté d'Elohim avec la trivialité. Chacun est vraisemblable. La familiarité engendre le mépris ; la vénération engendre le contraire. Le travail détruit l'abus des sentiments.

Nul raisonneur ne croit contre sa raison.

La foi est une vertu naturelle par laquelle nous acceptons les vérités qu'Elohim nous révèle par la conscience.

Je ne connais pas d'autre grâce que celle d'être né. Un esprit impartial la trouve complète.

Le bien est la victoire sur le mal, la négation du mal. Si l'on chante le bien, le mal est éliminé par cet acte congru. Je ne chante pas ce qu'il ne faut pas faire. Je chante ce qu'il faut faire. Le premier ne contient pas le second. Le second contient le premier.

La jeunesse écoute les conseils de l'âge mur. Elle a une confiance illimitée en elle-même.

Je ne connais pas d'obstacle qui passe les forces de l'esprit humain, sauf la vérité.

La maxime n'a pas besoin d'elle pour se prouver. Un raisonnement demande un raisonnement. La maxime est une loi qui renferme un ensemble de raisonnements. Un raisonnement se complète à mesure qu'il s'approche de la maxime. Devenu maxime, sa perfection rejette les preuves de la métamorphose.

Le doute est un hommage rendu à l'espoir. Ce n'est pas un

hommage volontaire. L'espoir ne consentirait pas à n'être qu'un hommage.

Le mal s'insurge contre le bien. Il ne peut pas faire moins.

C'est une preuve d'amitié de ne pas s'apercevoir de l'augmentation de celle de nos amis.

L'amour n'est pas le bonheur.

Si nous n'avions point de défauts, nous ne prendrions pas tant de plaisir à nous corriger, à louer dans les autres ce qui nous manque.

Les hommes qui ont pris la résolution de détester leurs semblables ignorent qu'il faut commencer par se détester soi-même.

Les hommes qui ne se battent pas en duel croient que les hommes qui se battent au duel à mort sont courageux.

Comme les turpitudes du roman s'accroupissent aux étalages ! Pour un homme qui se perd, comme un autre pour une pièce de cent sous, il semble parfois qu'on tuerait un livre.

Lamartine a cru que la chute d'un ange deviendrait l'Elévation d'un Homme. Il a eu tort de le croire.

Pour faire servir le mal à la cause du bien, je dirai que l'intention du premier est mauvaise.

Une vérité banale renferme plus de génie que les ouvrages de Dickens, de Gustave Aymard, de Victor Hugo, de Landelle. Avec les derniers, un enfant, survivant à l'univers, ne pourrait pas reconstruire l'âme humaine. Avec la première, il le pourrait. Je suppose qu'il ne découvrît pas tôt ou tard la définition du sophisme.

Les mots qui expriment le mal sont destinés à prendre une signification d'utilité. Les idées s'améliorent. Le sens des mots y participe.

Le plagiat est nécessaire. Le progrès l'implique. Il serre de près la phrase d'un auteur, se sert de ses expressions, efface une idée fausse, la remplace par l'idée juste.

Une maxime, pour être bien faite, ne demande pas à être corrigée. Elle demande à être développée.

Dès que l'aurore a paru, les jeunes filles vont cueillir des roses. Un courant d'innocence parcourt les vallons, les capitales, secourt l'intelligence des poètes les plus enthousiastes, laisse tomber des protections pour les berceaux, des couronnes pour la jeunesse, des croyances à l'immortalité pour les vieillards.

J'ai vu les hommes lasser les moralistes à découvrir leur cœur, faire répandre sur eux la bénédiction d'en haut. Ils émettaient des méditations aussi vastes que possible, réjouissaient l'auteur de nos félicités. Ils respectaient l'enfance, la vieillesse, ce qui respire comme ce qui ne respire pas, rendaient hommage à la femme, consacraient à la pudeur les parties que le corps se réserve de nommer. Le firmament, dont j'admets la beauté, la terre, image de mon cœur, furent invoqués par moi, afin de me désigner un homme qui ne se crût pas bon. Le spectacle de ce monstre, s'il eût été réalisé, ne m'aurait pas fait mourir d'étonnement : on meurt à plus. Tout ceci se passe de commentaires.

La raison, le sentiment se conseillent, se suppléent. Quiconque ne connaît qu'un des deux, en renonçant à l'autre, se prive de la totalité des secours qui nous ont été accordés pour nous conduire. Vauvenargues a dit « se prive d'une partie des secours. »

Quoique sa phrase, la mienne reposent sur les personnifications de l'âme dans le sentiment, la raison, celle que je choisirais au hasard ne serait pas meilleure que l'autre, si je les avais faites. L'une ne peut pas être rejetée par moi. L'autre a pu être acceptée de Vauvenargues.

Lorsqu'un prédécesseur emploie au bien un mot qui appartient au mal, il est dangereux que sa phrase subsiste à côté de l'autre. Il vaut mieux laisser au mot la signification du mal. Pour employer au bien un mot qui appartient au mal, il faut en avoir le droit. Celui qui emploie au mal les mots qui appartiennent au bien ne le possède pas. Il n'est pas cru. Personne ne voudrait se servir de la cravate de Gérard de Nerval.

L'âme étant une, l'on peut introduire dans le discours la sensibilité, l'intelligence, la volonté, la raison, l'imagination, la mémoire.

J'avais passé beaucoup de temps dans l'étude des sciences abstraites. Le peu de gens avec qui on communique n'était pas fait pour m'en dégoûter. Quand j'ai commencé l'étude de l'homme, j'ai vu que ces sciences lui sont propres, que je sortais moins de ma condition en y pénétrant que les autres en les ignorant. Je leur ai pardonné de ne s'y point appliquer ! Je ne crus pas trouver beaucoup de compagnons dans l'étude de l'homme. C'est celle qui lui est propre. J'ai été trompé. Il y en a plus qui l'étudient que la géométrie.

Nous perdons la vie avec joie, pourvu qu'on n'en parle point.

Les passions diminuent avec l'âge. L'amour, qu'il ne faut pas classer parmi les passions, diminue de même. Ce qu'il perd d'un côté, il le regagne de l'autre. Il n'est plus sévère pour l'objet de ses vœux, se rendant justice à lui-même ; l'expansion est acceptée. Les sens n'ont plus leur aiguillon pour exciter les sexes de la chair. L'amour de l'humanité commence. Dans ces jours où l'homme sent qu'il devient un autel que parent ses vertus, fait le compte de chaque douleur qui se releva, l'âme, dans un repli du cœur où tout semble prendre naissance, sent quelque chose qui ne palpite plus. J'ai nommé le souvenir.

L'écrivain, sans séparer l'une de l'autre, peut indiquer la loi qui régit chacune de ses poésies.

Quelques philosophes sont plus intelligents que quelques poètes. Spinoza, Malebranche, Aristote, Platon, ne sont pas Hégésippe Moreau, Malfilatre, Gilbert, André Chénier.

Faust, Manfred, Konrad, sont dés types. Ce ne sont pas encore des types raisonnants. Ce sont déjà des types agitateurs.

Les descriptions sont une prairie, trois rhinocéros, la moitié d'un catafalque. Elles peuvent être le souvenir, la prophétie. Elles ne sont pas le paragraphe que je suis sur le point de terminer.

Le régulateur de l'âme n'est pas le régulateur d'une âme. Le régulateur d'une âme est le régulateur de l'âme, lorsque ces deux espèces d'âmes sont assez confondues pour pouvoir affirmer qu'un régulateur n'est une régulatrice que dans l'imagination d'un fou qui plaisante.

Le phénomène passe. Je cherche les lois.

Il y a des hommes qui ne sont pas des types. Les types ne sont pas des hommes. Il ne faut pas se laisser dominer par l'accidentel.

Les jugements sur la poésie ont plus de valeur que la poésie. Ils sont la philosophie de la poésie. La philosophie, ainsi comprise, englobe la poésie. La poésie ne pourra pas se passer de la philosophie. La philosophie pourra se passer de la poésie.

Racine n'est pas capable de condenser ses tragédies dans des préceptes. Une tragédie n'est pas un précepte. Pour un même esprit, un précepte est une action plus intelligente qu'une tragédie.

Mettez une plume d'oie dans la main d'un moraliste qui soit écrivain de premier ordre. Il sera supérieur aux poètes.

L'amour de la justice n'est, en la plupart des hommes, que le courage de souffrir l'injustice.

Cache-toi, guerre.

Les sentiments expriment le bonheur, font sourire. L'analyse des sentiments exprime le bonheur, toute personnalité mise à part; fait sourire. Les premiers élèvent l'âme, dépendamment de l'espace, de la durée, jusqu'à la conception de l'humanité, considérée en elle-même, dans ses membres illustres. La dernière élève l'âme, indépendamment de la durée, de l'espace, jusqu'à la conception de l'humanité, considérée dans son expression la plus haute, la volonté! Les premiers s'occupent des vices, des vertus; la dernière ne s'occupe que des vertus. Les sentiments ne connaissent pas l'ordre de leur marche. L'analyse des sentiments apprend à le faire connaître, augmente la vigueur des sentiments. Avec les premiers, tout est incertitude. Ils sont l'expression du bonheur, de la douleur, deux extrêmes. Avec la dernière, tout est certitude. Elle est l'expression de ce bonheur qui résulte, à un moment donné, de savoir se retenir, au milieu des passions bonnes ou mauvaises. Elle emploie son calme à fondre la description de ces passions dans un principe qui circule à travers les pages : la non-existence du mal. Les sentiments pleurent quand il le leur faut, comme quand il ne le leur faut pas. L'analyse des sentiments ne pleure pas. Elle possède une sensibilité latente, qui prend au dépourvu, emporte au-dessus des misères, apprend à se passer de guide, fournit une arme de combat. Les sentiments, marque de la faiblesse, ne sont pas le sentiment! L'analyse du sentiment, marque de la force, engendre les sentiments les plus magnifiques que je connaisse. L'écrivain qui se laisse tromper par les sentiments ne doit pas être mis en ligne de compte avec l'écrivain qui ne se laisse tromper ni par les sentiments, ni par lui-même. La jeunesse se propose des élucubrations sentimentales. L'âge mûr commence à raisonner sans trouble. Il ne faisait que sentir, il pense. Il laissait vagabonder ses sensations : voici qu'il leur donne un pilote. Si je considère l'humanité comme une femme, je ne développerai pas que sa jeunesse est à son déclin, que son âge mûr s'approche. Son esprit change dans le sens du mieux. L'idéal de sa poésie changera. Les tragédies, les poëmes, les élégies ne primeront plus. Primera la froideur de la maxime! Du temps de Quinault, l'on aurait été capable de comprendre ce que je viens de dire. Grâce à quelques lueurs, éparses, depuis quelques années, dans les revues, les in-folios, j'en suis capable moi-même. Le genre que j'entreprends est aussi différent du genre des moralistes, qui ne font que constater le mal, sans indiquer le remède, que ce dernier ne l'est pas des mélodrames, des oraisons funèbres, de l'ode, de la stance religieuse. Il n'y a pas le sentiment des luttes.

Elohim est fait à l'image de l'homme.

Plusieurs choses certaines sont contredites. Plusieurs choses fausses sont incontredites. La contradiction est la marque de la fausseté. L'incontradiction est la marque de la certitude.

Une philosophie pour les sciences existe. Il n'en existe pas pour la poésie. Je ne connais pas de moraliste qui soit poète de premier ordre. C'est étrange, dira quelqu'un.

C'est une chose horrible de sentir s'écouler ce qu'on possède. L'on ne s'y attache même qu'avec l'envie de chercher s'il n'a point quelque chose de permanent.

L'homme est un sujet vide d'erreurs. Tout lui montre la vérité. Rien ne l'abuse. Les deux principes de la vérité, raison, sens, outre qu'ils ne manquent pas de sincérité, s'éclaircissent l'un l'autre. Les sens éclaircissent la raison par des apparences vraies. Ce même service qu'ils lui font, ils la reçoivent d'elle. Chacun prend sa revanche. Les phénomènes de l'âme pacifient les sens, leur font des impressions que je ne garantis pas fâcheuses. Ils ne mentent pas. Ils ne se trompent pas à l'envi.

La poésie doit être faite par tous. Non par un. Pauvre Hugo! Pauvre Racine! Pauvre Coppée! Pauvre Corneille! Pauvre Boileau! Pauvre Scarron! Tics, tics, et tics.

Les sciences ont deux extrémités qui se touchent. La première est l'ignorance où se trouvent les hommes en naissant. La deuxième est celle qu'atteignent les grandes âmes. Elles ont parcouru ce que les hommes peuvent savoir, trouvent qu'ils savent tout, se rencontrent dans cette même ignorance d'où ils étaient partis. C'est une ignorance savante, qui se connaît. Ceux d'entre eux qui, étant sortis de la première ignorance, n'ont pu arriver à l'autre, ont quelque teinture de cette science suffisante, font les entendus. Ceux-là ne troublent pas le monde, ne jugent pas plus mal de tout que les autres. Le peuple, les habiles composent le train d'une nation. Les autres, qui la respectent, n'en sont pas moins respectés.

Pour savoir les choses, il ne faut pas en savoir le détail. Comme il est fini, nos connaissances sont solides.

L'amour ne se confond pas avec la poésie.

La femme est à mes pieds!

Pour décrire le ciel, il ne faut pas y transporter les matériaux de la terre. Il faut laisser la terre, ses matériaux, là où ils sont, afin d'embellir la vie par son idéal. Tutoyer Elohim, lui adresser la parole, est une bouffonnerie qui n'est pas convenable. Le meilleur moyen d'être reconnaissant envers lui, n'est pas de lui corner aux oreilles qu'il est puissant, qu'il a créé le monde, que nous sommes des vermiceaux en comparaison de sa grandeur. Il le sait mieux que nous. Les hommes peuvent se dispenser de le lui apprendre. Le meilleur moyen d'être reconnaissant envers lui est de consoler l'humanité, de rapporter tout à elle, de la prendre par la main, de la traiter en frère. C'est plus vrai.

Pour étudier l'ordre, il ne faut pas étudier le désordre. Les expériences scientifiques, comme les tragédies, les stances à ma sœur, le galimatias des infortunes n'ont rien à faire ici-bas.

Toutes les lois ne sont pas bonnes à dire.

Étudier le mal, pour faire sortir le bien, n'est pas étudier le bien en lui-même. Un phénomène bon étant donné, je chercherai sa cause.

Jusqu'à présent, l'on a décrit le malheur, pour inspirer la terreur, la pitié. Je décrirai le bonheur pour inspirer leurs contraires.

Une logique existe pour la poésie. Ce n'est pas la même que celle de la philosophie. Les philosophes ne sont pas autant que les poètes. Les poètes ont le droit de se considérer au-dessus des philosophes.

Je n'ai pas besoin de m'occuper de ce que je ferai plus tard. Je devais faire ce que je fais. Je n'ai pas besoin de découvrir quelles choses je découvrirai plus tard. Dans la nouvelle science, chaque chose vient à son tour, telle est son excellence.

Il y a de l'étoffe du poète dans les moralistes, les philosophes. Les poètes renferment le penseur. Chaque caste soupçonne l'autre, développe ses qualités au détriment de celles qui la rapprochent de l'autre caste. La jalousie des premiers ne veut pas avouer que les poètes sont plus forts qu'elle. L'orgueil des derniers se déclare incompétent à rendre justice à des cervelles plus tendres. Quelle que soit l'intelligence d'un homme, il faut que le procédé de penser soit le même pour tous.

L'existence des tics étant constatée, que l'on ne s'étonne pas de voir les mêmes mots revenir plus souvent qu'à leur tour : dans Lamartine, les pleurs qui tombent des naseaux de son cheval, la couleur des cheveux de sa mère ; dans Hugo, l'ombre et le détraqué, font partie de la reliure.

La science que j'entreprends est une science distincte de la poésie. Je ne chante pas cette dernière. Je m'efforce de découvrir sa source. A travers le gouvernail qui dirige toute pensée poétique, les professeurs de billard distingueront le développement des thèses sentimentales.

Le théorème est railleur de sa nature. Il n'est pas indécent. Le théorème ne demande pas à servir d'application. L'application qu'on en fait rabaisse le théorème, se rend indécente. Appelez la lutte contre la matière, contre les ravages de l'esprit, application.

Lutter contre le mal, est lui faire trop d'honneur. Si je permets aux hommes de le mépriser, qu'ils ne manquent pas de dire que c'est tout ce que je puis faire pour eux.

L'homme est certain de ne pas se tromper.

Nous ne nous contentons pas de la vie que nous avons en nous. Nous voulons vivre dans l'idée des autres d'une vie imaginaire. Nous nous efforçons de paraître tels que nous sommes. Nous travaillons à conserver cet être imaginaire, qui n'est autre chose que le véritable. Si nous avons la générosité, la fidélité, nous nous empressons de ne pas le faire savoir, afin d'attacher ces vertus à cet être. Nous ne les détachons pas de nous pour les y joindre. Nous sommes vaillants pour acquérir la réputation de ne pas être poltrons. Marque de la capacité de notre être de ne pas être satisfait de l'un sans l'autre, de ne renoncer ni à l'un ni à l'autre. L'homme qui ne vivrait pas pour conserver sa vertu serait infâme.

Malgré la vue de nos grandeurs, qui nous tient à la gorge, nous avons un instinct qui nous corrige, que nous ne pouvons réprimer, qui nous élève !

La nature a des perfections pour montrer qu'elle est l'image d'Élohim, des défauts pour montrer qu'elle n'en est pas moins que l'image.

Il est bon qu'on obéisse aux lois. Le peuple comprend ce qui les rend justes. On ne les quitte pas. Quand on fait dépendre leur justice d'autre chose, il est aisé de la rendre douteuse. Les peuples ne sont pas sujets à se révolter.

Ceux qui sont dans le déréglement disent à ceux qui sont dans l'ordre que ce sont eux qui s'éloignent de la nature. Ils croient le suivre. Il faut avoir un point fixe pour juger. Où ne trouverons-nous pas ce point dans la morale ?

Rien n'est moins étrange que les contrariétés que l'on découvre dans l'homme. Il est fait pour connaître la vérité. Il la cherche. Quand il tâche de la saisir, il s'éblouit, se confond de telle sorte, qu'il ne donne pas sujet à lui en disputer la possession. Les uns veulent ravir à l'homme la connaissance de la vérité, les autres veulent la lui assurer. Chacun emploie des motifs si dissemblables, qu'ils détruisent l'embarras de l'homme. Il n'a pas d'autre lumière que celle qui se trouve dans sa nature.

Nous naissons justes. Chacun tend à soi. C'est envers l'ordre. Il faut tendre au général. La pente vers soi est la fin de tout désordre, en guerre, en économie.

Les hommes, ayant pu guérir de la mort, de la misère, de l'ignorance, se sont avisés, pour se rendre heureux, de n'y point penser. C'est tout ce qu'ils ont pu inventer pour se consoler de si peu de maux. Consolation richissime. Elle ne va pas à guérir le mal. Elle le cache pour un peu de temps. En le cachant, elle fait qu'on pense à le guérir. Par un légitime renversement de la nature de l'homme, il ne se trouve pas que l'ennui, qui est son mal le plus sensible, soit son plus grand bien. Il peut contribuer plus que toutes choses à lui faire chercher sa guérison. Voilà tout. Le divertissement, qu'il regarde comme son plus grand bien, est son plus infime mal. Il le rapproche plus que toutes choses de chercher le remède à ses maux. L'un et l'autre sont une contre-preuve de la misère, de la corruption de l'homme, hormis de sa grandeur. L'homme s'ennuie, cherche cette multitude d'occupations. Il a l'idée du bonheur qu'il a gagné ; lequel trouvant en soi, il le cherche, dans les choses extérieures. Il se contente. Le malheur n'est ni dans nous, ni dans les créatures. Il est en Elohim.

La nature nous rendant heureux en tous états, nos désirs nous figurent un état malheureux. Ils joignent à l'état où nous sommes les peines de l'état où nous ne sommes pas. Quand nous arriverions à ces peines, nous ne serions pas malheureux pour cela, nous aurions d'autres désirs conformes à un nouvel état.

La force de la raison paraît mieux en ceux qui la connaissent qu'en ceux qui ne la connaissent pas.

Nous sommes si peu présomptueux que nous voudrions être connus de la terre, même des gens qui viendront quand nous n'y serons plus. Nous sommes si peu vains, que l'estime de cinq personnes, mettons six, nous amuse, nous honore.

Peu de chose nous console. Beaucoup de chose nous afflige.

La modestie est si naturelle dans le cœur de l'homme, qu'un ouvrier a soin de ne pas se vanter, veut avoir ses admirateurs. Les philosophes en veulent. Les poètes surtout ! Ceux qui écrivent en faveur de la gloire veulent avoir la gloire d'avoir bien écrit. Ceux qui le lisent veulent avoir la gloire de l'avoir lu. Moi, qui écris ceci, je me vante d'avoir cette envie. Ceux qui le liront se vanteront de même.

Les inventions des hommes vont en augmentant. La bonté, la malice du monde en général ne reste pas la même.

L'esprit du plus grand homme n'est pas si dépendant, qu'il soit sujet à être troublé par le moindre bruit du *Tintamarre*, qui se fait autour de lui. Il ne faut pas le silence d'un canon pour empêcher ses pensées. Il ne faut pas le bruit d'une girouette, d'une poulie. La mouche ne raisonne pas bien à présent. Un homme bourdonne à ses oreilles. C'en est assez pour la rendre incapable de bon conseil. Si je veux qu'elle puisse trouver la vérité, je chasserai cet animal qui tient sa raison en échec, trouble cette intelligence qui gouverne les royaumes.

L'objet ce ces gens qui jouent à la paume avec tant d'application d'esprit, d'agitation de corps, est celui de se vanter avec leurs amis qu'ils ont mieux joué qu'un autre. C'est là source de leur attachement. Les uns suent dans leurs cabinets pour montrer aux savants qu'ils ont résolu une question d'algèbre qui ne l'avait pu être jusqu'ici. Les autres s'exposent aux périls, pour se vanter d'une place qu'ils auraient prise moins spirituellement, à mon gré. Les derniers se tuent pour remarquer ces choses. Ce n'est pas pour en devenir moins sages. C'est surtout pour montrer qu'ils en connaissent la solidité. Ceux-là sont les moins sots de la bande. Ils le sont avec connaissance. On peut penser des autres qu'ils ne le seraient pas, s'ils n'avaient pas cette connaissance.

L'exemple de la chasteté d'Alexandre n'a pas fait plus de continents que celui de son ivrognerie a fait de tempérants. On n'a pas de honte de n'être pas aussi vertueux que lui. On croit n'être pas tout à fait dans les vertus du commun des hommes, quand on se voit dans les vertus de ces grands hommes. On tient à eux par le bout par où ils tiennent au peuple. Quelque élevés qu'ils soient, ils sont unis au reste des hommes par quelque endroit. Ils ne sont pas suspendus en l'air, séparés de notre société. S'ils sont plus grands que nous, c'est qu'ils ont les pieds aussi haut que les nôtres. Ils sont tous à même niveau, s'appuient sur la même terre. Par cette extrémité, ils sont aussi relevés que nous, que les enfants, un peu plus que les bêtes.

Le meilleur moyen de persuader consiste à ne pas persuader.

Le désespoir est la plus petite de nos erreurs.

Lorsqu'une pensée s'offre à nous comme une vérité qui court les rues, que nous prenons la peine de la développer, nous trouvons que c'est une découverte.

On peut être juste, si l'on n'est pas humain.

Les orages de la jeunesse précèdent les jours brillants.

L'inconscience, le déshonneur, la lubricité, la haine, le mépris des hommes sont à prix d'argent. La libéralité multiplie les avantages des richesses.

Ceux qui ont de la probité dans leurs plaisirs en ont une sincère dans leurs affaires. C'est la marque d'un naturel peu féroce, lorsque le plaisir rend humain.

La modération des grands hommes ne borne que leurs vertus.

C'est offenser les humains que de leur donner des louanges qui élargissent les bornes de leur mérite. Beaucoup de gens sont assez modestes pour souffrir sans peine qu'on les apprécie.

Il faut tout attendre, rien craindre du temps, des hommes.

Si le mérite, la gloire ne rendent pas les hommes malheureux, ce qu'on appelle malheur ne mérite pas leurs regrets. Une âme daigne accepter la fortune, le repos, s'il leur faut superposer la vigueur de ses sentiments, l'essor de son génie.

On estime les grands desseins, lorsqu'on se sent capable des grands succès.

La réserve est l'apprentissage des esprits.

On dit des choses solides, lorsqu'on ne cherche pas à en dire d'extraordinaires.

Rien n'est faux qui soit vrai ; rien n'est vrai qui soit faux. Tout est le contraire de songe, de mensonge.

Il ne faut pas croire que ce que la nature a fait aimable soit vicieux. Il n'y a pas de siècle, de peuple qui ait établi des vertus, des vices imaginaires.

On ne peut juger de la beauté de la vie que par celle de la mort.

Un dramaturge peut donner au mot passion une signification d'utilité. Ce n'est plus un dramaturge. Un moraliste donne à n'importe quel mot une signification d'utilité. C'est encore le moraliste !

Qui considère la vie d'un homme y trouve l'histoire du genre. Rien n'a pu le rendre mauvais.

Faut-il que j'écrive en vers pour me séparer des autres hommes ? Que la charité prononce !

Le prétexte de ceux qui font le bonheur des autres est qu'ils veulent leur bien.

La générosité jouit des félicités d'autrui, comme si elle en était responsable.

L'ordre domine dans le genre humain. La raison, la vertu n'y sont pas les plus fortes.

Les princes font peu d'ingrats. Ils donnent tout ce qu'ils peuvent.

On peut aimer de tout son cœur ceux en qui on reconnaît de grands défauts. Il y aurait de l'impertinence à croire que l'imperfection a seule le droit de nous plaire. Nos faiblesses nous attachent les uns aux autres autant que pourrait le faire ce qui n'est pas la vertu.

Si nos amis nous rendent des services, nous pensons qu'à titre d'amis ils nous les doivent. Nous ne pensons pas du tout qu'ils nous doivent leur inimitié.

Celui qui serait né pour commander, commanderait jusque sur le trône.

Lorsque les devoirs nous ont épuisés, nous croyons avoir épuisé les devoirs. Nous disons que tout peut remplir le cœur de l'homme.

Tout vit par l'action. De là, communication des êtres, harmonie

de l'univers. Cette loi si féconde de la nature, nous trouvons qu.
c'est un vice dans l'homme. Il est obligé d'y obéir. Ne pouvant
subsister dans le repos, nous concluons qu'il est à sa place.

On sait ce que sont le soleil, les cieux. Nous avons le secret de
leurs mouvements. Dans la main d'Elohim, instrument aveugle,
ressort insensible, le monde attire nos hommages. Les révolutions
des empires, les faces des temps, les nations, les conquérants de
la science, cela vient d'un atôme qui rampe, ne dure qu'un jour,
détruit le spectacle de l'univers dans tous les âges.

Il y a plus de vérité que d'erreurs, plus de bonnes qualités que
de mauvaises, plus de plaisirs que de peines. Nous aimons à con-
trôler le caractère. Nous nous élevons au-dessus de notre espèce.
Nous nous enrichissons de la considération dont nous la com-
blâmes. Nous croyons ne pas pouvoir séparer notre intérêt de
celui de l'humanité, ne pas médire du genre sans nous commettre
nous-mêmes. Cette vanité ridicule a rempli les livres d'hymnes en
faveur de la nature. L'homme est en disgrâce chez ceux qui pen-
sent. C'est à qui le chargera de moins de vices. Quand ne fut-il pas
sur le point de se relever, de se faire restituer ses vertus?

Rien n'est dit. L'on vient trop tôt depuis plus de sept mille ans
qu'il y a des hommes. Sur ce qui concerne les mœurs, comme sur
le reste, le moins bon est enlevé. Nous avons l'avantage de tra-
vailler après les anciens, les habiles d'entre les modernes.

Nous sommes susceptibles d'amitié, de justice, de compassion,
de raison. O mes amis! qu'est-ce donc que l'absence de vertu?

Tant que mes amis ne mourront pas, je ne parlerai pas de la
mort.

Nous sommes consternés de nos rechutes, de voir que nos mal-
heurs ont pu nous corriger de nos défauts.

On ne peut juger de la beauté de la mort que par celle de la vie.

Les trois points terminateurs me font hausser les épaules de
pitié. A-t-on besoin de cela pour prouver que l'on est un homme
d'esprit, c'est-à-dire un imbécile? Comme si la clarté ne valait pas
le vague, à propos de points!

Paris. — Imp. Balitout, Questroy et Cᵉ, rue Baillif, 7.

Mélodies pastorales, par Thalès Bernard. La huitième
livraison est en vente chez l'auteur, 27, rue de la Félicité,
à Batignolles.

Concours poétiques de Bordeaux : M. Évariste
Carrance.

La Revue populaire, rue du Pré - aux - Clercs, 18 :
Mlle Louise Bader.

Le Concours des Muses, journal des Poètes, 3, rue Brun,
à Bordeaux.

**Histoire de la Littérature contemporaine en
Province,** deux volumes : M. Théodomire Geslain.

L'Homme, journal : M. L. Maretheux, 35, rue du Cherche-
Midi.

La Voix du Peuple (*voce del popolo*), journal philosophique,
Lentini (Sicile).

AVIS

Cette publication permane... n'a pas de p..ix. Chaque souscripteur se fixe à lui-même sa souscription. Il ne donne, du reste, que ce qu'il veut.

Les personnes qui recevront les deux premières livraisons sont priées de ne pas les refuser, sous quelque prétexte que ce soit.

Pa is, imp. Balitou', Qnestroy et C', 7, rue Baillif.

9 782329 451466